© 1995, l'école des loisirs, Paris
Loi numéro 49 956 du 16 juillet 1949 sur les publications
destinées à la jeunesse : mars 1995
Dépôt légal : mars 2006
Imprimé en France par Aubin Imprimeur à Poitiers

CLAUDE PONTI

Tromboline et Foulbazar

Les masques

l'école des loisirs

11, rue de Sèvres, Paris 6e

Tromboline et Foulbazar fabriquent des masques.

Foulbazar termine le premier.

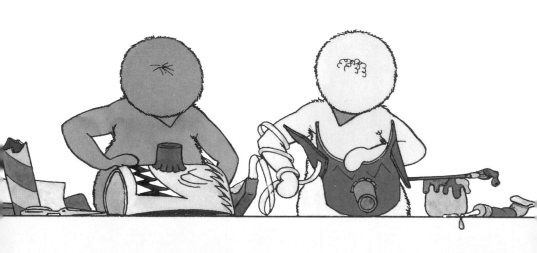

Il essaie son masque.
Tromboline a très peur.

– C'était moi, dit Foulbazar.
– Ouf, dit Tromboline.

Tromboline essaie son masque.
Foulbazar a très peur.

– Hi hi, c'était moi, dit Tromboline.
– Ouf c'était toi, répond Foulbazar.

– Ils sont vraiment bien, nos masques, dit Tromboline.

AWTY INTERNATIONAL SCHOOL

– Oui, on les a vraiment réussis, répond Foulbazar.